KB037709

와온臥溫의 저녁

와온臥溫의 저녁

지은이 · 유재영
펴낸이 · 유재영
펴낸곳 · 주식회사 동학사

1판 1쇄 · 2014년 12월 5일
1판 4쇄 · 2020년 2월 10일
출판등록 · 1987년 11월 27일 제10-149

주소 · 04083 서울 마포구 토정로53 (합정동)
전화 · 324-6130, 324-6131 | 팩스 · 324-6135
E-메일 | dhsbook@hanmail.net
홈페이지 | www.donghaksa.co.kr
　　　　　 www.green-home.co.kr

ⓒ 유재영, 2014

ISBN 978-89-7190-470-1　03810

와온臥溫의 저녁

유재영 시집

Poems by Yoo Jae Young

시집 『고욤꽃 떨어지는 소리』를
출간한 지 9년이 지났다.
그간 시조집과 시선집을
한 권씩 출간했지만
시집으로는 처음이다.
시간이 오래 흘렀다.
시를 쓰는 동안 친구가 되어준
많은 곤충과 식물, 그리고
이 나라의 햇빛과 바람
물소리에 감사한다.

2014년 겨울
유재영

와온臥溫의 저녁 유재영 시집

01

02

01

사막 _ 낙안落雁 _ 길 _ 누리장나무 아래에서의 한때 _ 구름
무 덤 _ 미 안 하 다 _ 분 가 分 家 _ 그 늘   공 양 供 養 _
생 명

사막

칼을 든 사내의 날랜 손놀림 끝에 따그락! 모래언덕 너머로 사라지는 어린양의 턱관절 내려놓는 소리가 들렸다 자작나무 널빤지 위에 놓인 채 식지 않은 한 덩이의 조문弔問, 방금 전까지 묶여있던 말뚝에는 아직 바둥거리는 생존이 뒷발에 힘을 모은다

낙안 落雁

    늦가을 구겨진 하늘 몇 장 깔아놓고 노숙인 두엇 방금 끓인 면발을 후루룩 후루룩 입에 넣고 있었다. 이맘때쯤 떠나온 고향 강가 모래밭에 먹이를 찾아 내려앉던 기러기 떼 나래 소리, 서울역 커다란 돌 그늘이 수척한 그들의 어깨를 가만히 덮어 주었다

길

말채나무가 큰 키로 굽어보는 벤치, 누가 놓고 간 신문에 낯선 이름들이 부음으로 구겨져 있다 가을날 저녁 나도 저들과 함께 소주냄새 풍기며 어느 신호등 켜진 건널목을 바삐 지나갔을 것이다

누리장나무 아래에서의 한때

   어린 장지뱀이 갓버섯 펴지는 모습에 놀라 달아나고 변성기 막 끝낸 수꿩이 낮은 봉분 너머에서 몇 번인가 울었다 갑자기 초롱꽃이 왁자한 것을 보아 이는 필시 두눈박이 쌍살벌이란 놈이 들어간 것임에 분명하다 착하게 엎드린 퇴적암을 사이에 두고 개암들이 실하다 올해는 해걸이 나무에도 열매가 많이 달리려나 보다 주인 없는 유혈목이 허물이 죄 많은 세상을 향해 가볍게 날아가는 시간, 골짜기는 어린 물소리를 꼬옥 품고 놓아주지 않았다

구름무덤

    어디선가 갑자기 나타난 새홀리기가, 먹이를 물고 날아가는 몸집 작은 새를 잽싸게 낚아채 숲 속으로 사라진다. 눈 깜짝할 사이 푸른 허공이 구겨졌다가 다시 팽팽해졌다. 잠시 뒤 그 자리에 구름들이 몰려 와 고요보다 큰 무덤 하나를 만들어 주었다

미안하다

벌서고 돌아오는 길 먹잠자리 향해 함부로 돌 던진 일 미안하다 피라미 목 내미는 여울 물수제비 뜬 일 미안하다 자벌레기어가는 산뽕나무 마구 흔든 일 미안하다 내를 건너다 미끄러져 송사리 떼 놀라게 한 일 미안하다 언젠가 추운 밤하늘 혼자 두고 온 어린별 미안하다, 미안하다

분가 分家

햇살 부신 국도변 어느 과일밭, 꼭지 삭은 열매가 조용히 떨어진다. 내년 봄 이 고장 산골 분교 화단에는 형제들을 떠나 박새 똥에 섞여 온 씨앗 하나 푸른 싹을 틔우리라

그늘 공양供養

    회화나무 가지 소풍 나온 지빠귀 가족 어린 고양이 배틀대며 나타나 그 중 제일 큰 지빠귀 그림자 물고 황급히 사라진다 뒤따라온 녀석 이번엔 죽지 활짝 편 그림자를 덥석 물었다 멀찍이 오수를 즐기는 어미의 뙤약볕, 새끼들이 바지런히 물어다 짓는 그늘 집 한 채

생명

　폭우로 급류가 휩쓸고 간 골짜기, 며칠 지나 물줄기가 본래 모습대로 허연 속살을 드러내기 시작하자 물달팽이 가족이 여린 뿔대를 바지런히 움직이며 풀잎 위를 유유히 지나가고 있었다

 02

다시 맑은 날 _ 물로 그린 그림 _ 봄바다 _ 푸르고 따뜻한, _ 식솔食率 _ 귀뚜라미 무덤 _ 신방新房 _ 와온臥溫의 저녁 _ 쇠똥구리는 힘이 세다 _ 희망이불 _ 신춘문예 _ 이슬궁전 _ 천수만

다시 맑은 날

부들 숲 개개비 새끼들은 제 입보다 큰 벌레를 함부로 삼키기 시작했다 으아리 덩굴에 붙어 브로치처럼 꼼짝 않는 청개구리 정강이도 제법 살이 올랐다 우편함의 편지는 그대로 두기로 한다 유난히도 꽃이 곱던 복숭아나무집 둘째 딸 혼사가 아마 임박했으리라 아침 신문에 실린 칼릴 지브란 시를 읽는 동안 연한 나뭇잎 그림자가 잠시 신과 인간 사이를 스쳐 지나갔다

물로 그린 그림

　누가 나에게 우리나라 가을을 실제 크기로 그리라고 한다면 나는 항아리에 물을 붓고 기다리겠습니다 저 푸른 하늘이 다 잠길 때까지,

봄바다

첫 알을 낳은 물오리가 갈대숲을 차고 날아오르자 펄 속에서 기어 나와 느긋이 해바라기를 즐기던 달랑게 가족들이 놀라 달아나기 시작했다. 그 때 가장 느린 속도로 전력을 다해 달려가는 어린 게가 있었다. 조금 전 어미 등에 업혔던 한 쪽 다리가 잘린 녀석이었다. 급한 나머지 온 힘을 다해 갯고랑으로 몸을 던지자, 기다렸다는 듯이 보드라운 물살들이 다가와 가만히 품어 주었다. 한순간 바다가 기우뚱했다

푸르고 따뜻한,

깃동잠자리 반원 긋다 날아간 평화로운 산자락 나직이 배를 깔고 누워있는 너럭바위 위로 맹금류 한 마리 황급히 솟구치자 허공의 단면을 붙잡고 있던 노박덩굴이 깜짝 놀라 술렁댔다 이윽고 한 초식동물의 창백한 영혼이 드문드문 흩어진 자리 오래도록 물갬나무 그늘이 내려와 비어진 공간 한쪽을 말없이 덮어주었다

식솔 食率

엷은 햇빛에 흰 배때기를 비춰 보이던 피라미들마저 물속으로 사라지자 야생오리 발자국 소복한 수로 뒤쪽 어둠은 빠른 속도로 팽창하기 시작했다 물뱀처럼 터널을 빠져나온 객차 몇 량 덜컹이며 다리 위를 지나는 동안 풀씨로 채운 배를 조용히 삭히는 들쥐 몇 마리 아직 돌아오지 않은 어린 식솔들을 기다린다. 쥐똥나무 숲 이쪽저쪽 귀뚜라미가 필라멘트처럼 더듬이를 세우고 좁고 어두운 길 따라 신호음을 들려주는 밤,

귀뚜라미 무덤

생이란 저런 것인가 쿵! 하고 더듬이 내려놓는 소리, 한때 정강이 세우고 이 나라 가을을 물들이던 적막이 아니더냐 무서리에 춥지 말라고 가는 길, 동무하라고 구멍 난 나뭇잎 몇 개 오그린 무릎을 덮어주었다 눈부셔라, 우주 한 모퉁이 작디작은 지상의 저 건축물,

신방 新房

　한 마리는 무릇꽃에서 날아왔고 다른 한 마리는 청미래덩굴
이 고향이다 오배자 동쪽 가지에서 첫날밤을 보낸 무당벌레 신
혼부부, 아, 이 산중에도 나뭇잎 셋방 하나 더 늘어나겠구나

와온臥溫*의 저녁

　어린 물살들이 먼 바다에 나가 해종일 숭어새끼들과 놀다
돌아올 시간이 되자 마을 불빛들은 모두 앞 다퉈 몰려나와 물
길을 환히 비춰주었다

---

*　와온(臥溫) : 동쪽으로는 전라남도 여수시, 남서쪽으로는 고흥반도와 순천
　만에 접해있는 해변 이름.

쇠똥구리는 힘이 세다

거친 황사 바람이 지나가자 신두리 해안가엔 잘 다듬어진 푸른 경단을 젊은 쇠똥구리 부부가 온 힘을 다하여 굴리며 갑니다 한 번씩 움직일 때마다 태안반도 물살들이 움찔움찔 물러납니다

희망이불

　낙석주의 팻말 아래 버려진 냉장고 곁에 폐지 집하장 부근
눈을 틔운 꽃씨들이 킁킁거리며 흙냄새를 맡고 있는 동안 사
람들은 고통을 고통이라 부르지 않고 다시 올 희망이라 이름
을 고쳐 불렀다. 고향에서 보내 온 물고구마 택배 상자 우두커
니 기다리는 쪽방촌, 잔업을 마치고 돌아와 곤히 잠든 누이의
캐시밀론이 따뜻한 희망이불이 되어 주었다

신춘문예

　강원도 횡성읍 읍하리 문방구를 겸한 작은 책방. 매달 25일
경이면 딱 두 권 꽂혀 있는 現代文學 한 권을 언제나 나보다 먼
저 사가는 사람이 있었다. 벌써 10년째 한해도 빠짐없이 신춘
문예에 응모한다던 그 사람. 제대 후 어언 사십 년 세월이 흘렀
건만 아직까지 대한민국 문인 중에 읍하리 출신이 한 사람도
없는 걸로 보아 아마도 그와 신춘문예 간의 기나 긴 싸움은 끝
나지 않은 것 같다 차츰 원고 마감이 다가오는 요즘이면 생각
이 난다 홀어머니와 단 둘이 산다는 얼굴이 레그혼*빛이던 그
사람.

―――――――――――

* 레그혼 : 닭 품종. 털빛이 흰색이다.

이슬궁전

자기 이름 문패 붙인 오두막이 소원이던 무명시인 무덤 위로 어느 날 수천 개 햇빛 모여 은빛 물결 찰랑였다 살아생전 친구에 속고, 떠나간 여자에 울던 그를 위해 무당거미 밤새 실을 뽑아 훌쭉한 침엽수 사이 저리도 눈부신 이슬궁전 하나 만든 것이다

천수만

이동하는 가창오리 떼를 좇던 허기진 새매가 무리에서 벗어
난 검은 물체 하나를 재빠르게 낚아챘다. 이윽고 수면을 뒤덮
은 오리들이 눈을 맞으며 평화로운 저녁시간을 보내고 있을 무
렵, 가까운 갈대밭 어디에선가는 사라진 동료의 몸통이 날카로
운 부리로 찢겨지고 있었다

 03

푸른 중심

　물잠자리 그림자 언뜻 비치자 와 몰려드는 피라미 떼, 호수
한쪽이 가만히 기운다

차령산맥

1.

인공 때 죽은 인민군 간호장교 김옥화 무덤이 있던 곳. 총상을 입고 산에서 내려온 갓 스무 살 그녀가 죽자, 마을 사람들이 시신을 6대조 제답祭畓 곁에 묻어주었다. 함께 온 늙은 군관은 눈물을 흘리며 연신 머리 숙여 인사를 하고 혼자 이 산맥을 따라 북으로 갔다. 언젠가 어머니는 영변 약산이 죽은 여군 고향이라고 했다. 눈이 내린 날이면 무덤이 있는 찔레나무 구렁으로 움푹움푹 산짐승 발자국이 나있었다

2.

등성이 너머 시오리 갈우물* 지나 전의역. 조붓한 철로를 따라 하얀 시트를 씌운 급행열차들이 숨가쁘게 지나갔다. 하루종일 울면 냄돌집, 낮에도 이국종異國種 닭이 울고 전족纏足을 한 여인이 은제 약통에서 금계랍을 꺼내주었다. 그날도 건너편 변 씨 책방에서는〈마도의 향불〉〈마음의 샘터〉〈한석봉 천자문〉〈최신가요앨범〉같은 오종종한 얼굴을 한 철 지난 베스트셀러들이 드문드문 팔려 나갔다

---

* 갈(葛)우물 : 충남 연기군 전의면 신정리에 있는 마을. 속칭 '가나물'.

지리산

처음 어미 품을 떠나 온 새끼 반달곰이 가재 한 마리를 놓고
어쩔 줄 몰라 쩔쩔맬 때, 계곡 저편에서는 박새 물똥만한 쪽동
백꽃이 눈부시게 피고 있었다. 이 아름다운 골짜기 어디엔가는
아직도 집으로 돌아가지 못한 소년병의 등뼈가 삭고 있으리라

출구

아까부터 농아 부부가 객지로 떠나보내는 아들을 울먹이며 부둥켜안고 있었다 어머니가 한사코 마다하는 아들 안주머니에 무언가를 자꾸 찔러 넣었다 아들이 이내 뿌리치며 출구 쪽으로 달아나자 꼬깃꼬깃 접힌 오천 원짜리 한 장이 바닥에 떨어졌다 싸락눈 내리는 역 광장이 멀리 보였다

오십 년 전

   뒷산 굴참나무 늙은 가지 장수하늘소가 아침부터 곧추세운 더듬이를 여린 봄 하늘을 향해 열심히 비벼대고 있었습니다. 그래서인지 그 날 밤 오랜 가뭄 끝에 앞뒤뜰 흡족하게 비가 내렸습니다

곡우 穀雨

떡갈나무 숲 조붓한 골짜기 소나기 스치고 햇빛 반짝 들자 열심히 나뭇잎 파먹던 벌레 한 마리 무슨 일이 있냐는 듯이 조그만 구멍 사이로 머리를 갸우뚱 내밀었다

오래된 성읍 城邑

　성읍엔 기쁨으로 띠를 두른 산과 골짜기엔 살 오른 고기들이 뛰어 오르며 때맞춰 내린 우로에 정금 같은 알곡들은 곳간마다 차고 넘쳤다. 소고를 두드리는 여인들의 심장은 어떤 환란 중에도 셀로판지처럼 충만함으로 떨렸다. 들판에선 갓 태어난 송아지가 비틀거리며 어미젖을 빨고, 꽃 대궁마다 봉한 포도주처럼 분홍빛 꽃물들 가득 차오르니 저가 그 성실함으로 기르고 그 손의 공교함으로 지도하였도다. 낮은 품삯에도 즐거워하는 일꾼들은 값없이 저녁노을을 바라보며 각자 거처로 돌아가 하루 중 행악의 거친 손을 씻고 자기의 무화과를 배불리 먹을 것이며 자기의 우물물을 마실 것이다

하늘호수

녹두만한 심장을 할딱이며 청개구리가 갈댓잎으로 뛰어오
르자 허공이 반쯤 휘어집니다 멀리서 구름 지느러미가 못 본
듯이 유유히 흘러갑니다

야간학교

　소나기 한 줄금 뿌리고 간 운동장 물 고인 웅덩이 어린 별들
이 놀러왔다 맨발로 참방대는 별들의 푸른 공부시간, 오늘은
반딧불이 분홍빛 형용사 특강 당직은 늙은 버즘나무 그림자.
외출 나온 줄무늬 바람이 어슬렁대는 사이 청강하러 온 풍뎅
이 지금 막 능소화 속으로 날아들었다

04

여행

일생을 걸려서
여기까지 왔다

옷깃에 묻어 온
지상의 벌레 한 마리
못다 이룬 꿈이 되어
밤새 울었다

귀때기가 파란
남십자성,

볼록한 유적

허공에
비스듬히 몸 기대고
입적하신
모감주나무

살아생전
구름에 구름길을
바람에 바람길을
하늘에 하늘길을
가진 것 모두 내어주고

마지막
나방 한 마리
데리고 얻은
팔마구리,

솔개바위 밑
유적遺跡 같은
옥색긴꼬리산누에 집.

겨우내
지구 한 모퉁이가
볼록하다

꽃씨 편지

꽃씨들이
날아간 쪽으로
하늘이 금방
팽팽해졌다

하나님만 아시는
저 꽃씨 글자를
천사들이 다투어
읽는가 보다

다 읽은 꽃씨들은
땅으로 보내져
애기메꽃, 민들레,
은방울꽃
그런 이름으로
다시 태어나

우리들 보고
한 번쯤
읽으라고

논두렁, 보리밭,
시냇가로
해마다 이맘때면
자꾸만
불러내는 것이다

자정의 서재書齋

오랫동안
서재 한 귀퉁이
어깨 웅크린 꼭지 마른
견과 몇 개

완고한 껍질을
뚫고 들어가
언제나 제 둘레만큼의
소리를 남기는
그것은 고요의 무게,
그것은 여백의 부피

중심에서부터
울려나오는 소리를
다시 꺼내 듣는다
그래그래 네 음성을
지상에 남겨주마
어두운 네 귀를
뚫어주마

쓰다만 시에
쉼표 몇 개를 더 찍고
조용히 끌어안는
공허한 응답

지금은 자정,
비로소 벗어 놓은
안경 너머로
눈물보다 맑은
별 하나
스치운다

그 가을 며칠

1.

낙과 몇 개
돌멩이처럼
쪼그려 앉은 밤이
허공에 떠있다
두 손으로 받쳐 든
고요한 적막,
골짜기 물소리가
달에 묻은 얼룩까지
말끔히 닦아 주었다

2.

여뀌꽃들
일제히 목 내민
모감주나무 아래
아직은 책 몇 권 베고 누울만한
그늘이 남아있다
하늘이 투명하다
열매가 붉어가는 가지 쪽으로
햇빛들이 휘어졌다

3.
모서리 닳은
문간 한 모퉁이
노숙하는 가랑잎 가족
가을이란 문패가 없다
주인도 없다

4.
바람이 방향을
바꿔 불자
안개가
걷히기 시작했다
암벽 사이를
오르던
어린 산양이
뒤를 돌아본다
위태롭다,
맨발이다

고요하다

하나님은

지난 밤

이슬방울 하나를

남기셨다

토란잎에

고인

파란 하늘

바람이 불자

우주가

잠시 접혔다

다시 펴진다

이순耳順의 시간

무설전 앞

자벌레 한 마리

가던 길 멈추고

천천히 고개를 든다

조용히 떨어지는

나뭇잎 한 장

가을

천수경,

금서 禁書

뒷산에서
내려오신 가을이
내 방 창가
삐쭈기 나무 잎사귀에
오롯이 앉아있네
삼각지나 보광동
종점 하숙집
젊은 날 몰래 읽던
금서禁書처럼
더불어 숨고 싶은
붉디붉은
저 스무 살,

하오 下午

근린공원
후박나무 그늘

니스 칠 벗겨진
제약회사 나무 의자

조간신문으로
얼굴을 가리고

언제부터인가
앉아있는 노인

인생이란
오래된 주소를 들고

지금까지
살아온 생이

그의 등만큼
굽어 있다

작품 해설

신과 자연, 인간과 역사,
삶과 노동에 대한 한 시인의
내밀한 서정적 기록

김유중(문학평론가·서울대학교 인문대학 국어국문과 교수)

자연은 경전이요 스승이다.

자연은 인간의 스승이다. 인간이 자연의 일부이고 보면 이 스승은 어머니와 같이 넉넉한 품을 가진 스승이다. 가르치는 데 있어 자연은 결코 강요하거나 타박하지 않는다. 다만 스스로 깨우칠 때까지 몇 번이고 반복하여 가르친다. 때론 자연이 매서운 회초리를 들어 인간의 그릇된 행동을 내리치기도 하지만, 그런 다음에는 어김없이 보듬고 감싸주며 자신의 잘잘못이 무엇인지 깨우치길 기다려준다. 그런 자애로운 가르침에도 아둔한 제자는 미처 그 깊은 속뜻을 헤아리지 못하고 걸핏하면 망나니짓을 일삼는다.

본디 인간이란 자연에 의탁하여 그 흐름과 질서에 순응하여 살아가는 존재일진대, 어느 순간인가부터 거꾸로 자연을 통제하고 관리하고자 하는 오만에 젖어들기 시작했다. 패륜이나 진배없는 이 같은 철없는 행동의 대가는 엄청난 것이다. 자연이 병들면 지구가 병들고, 결국에는 그 여파가 인간에게도 고스란히 전해지기 때문이다. 본연의 자세로 되돌아가 자연 속에서 그 흐름에 순응하는 것만이 문명의 병폐에서 벗어날 수 있는 유일한 길이다. 다시 말하지만 이러한 가르침을, 자연은 결코 강요하지 않는다. 다만 인간이 스스로 깨우치길 묵묵히 기다릴 뿐이다.

무설전 앞

자벌레 한 마리

가던 길 멈추고

천천히 고개를 든다

조용히 떨어지는

나뭇잎 한 장

가을

천수경

　　　　　　　　　　　　　　－「이순耳順의 시간」 전문

　유재영 시인의 시들을 읽다보면 무엇보다도 이 시인의 눈과 귀가 자연을 향해 활짝 열려있음을 발견하게 된다. 자연의 섭리는 알량한 인간의 지식이나 논리로 다가서기에는 너무 넓고 깊다. 애초에 그것은 도달할 수 있는 한계 저 너머에 위치한다. 다만 우리가 그것을 마주하게 되는 것은 한순간 다가오는 어떤 깨달음의 느낌을 통해서일 것이다.

　위 텍스트에서 시인은 인간의 언어로 쉬이 다가설 수 없는 그러한 느낌들, 생각의 파문들에 주목한다. 가을날, 마치 유영하듯 유유히 떨어지는 한 장의 나뭇잎은 그의 가슴에 말로 다 설명하기 힘든 잔잔한 파문을 불러일으킨다. 그 파문을 통해 그는 인간의 능력만으로는 가닿기 어려운 어떤 진리 세계의 문턱을 밟은 느낌을 받게 된다. 자연이야말로 그에겐 진정한 경전이요 스승이다. 그리고 시란 그런 스승의 가르침을 좇아가기 위한 유일한 통로이다. 그것은 논리적 사고의 빈 자리를 메우기 위한, 다시 말해서 인간이 만든 언어적 사유 구조의 엉성한 그물코를 빠져나와버리는 진리의 알갱이들을 걸러내기 위한 참다운 방법론인 셈이다.

누가 나에게 우리나라 가을을 실제 크기로 그리라고 한다면 나
는 항아리에 물을 붓고 기다리겠습니다 저 푸른 하늘이 다 잠길
때까지,

-「물로 그린 그림」 전문

깃동잠자리 반원 긋다 날아간 평화로운 산자락 나직이 배를 깔
고 누워있는 너럭바위 위로 맹금류 한 마리 황급히 솟구치자 허
공의 단면을 붙잡고 있던 노박덩굴이 깜짝 놀라 술렁댔다 이윽고
한 초식동물의 창백한 영혼이 드문드문 흩어진 자리 오래도록 물
갬나무 그늘이 내려와 비어진 공간 한쪽을 말없이 덮어주었다

-「푸르고 따뜻한,」 전문

자연은 느낌으로, 그리고 규정할 수 없는 너비와 크기의 파
문으로 다가온다. 인용된 두 편의 시에서 시인이 그리고자 한
것은 인간의 언어로는 다 담아내기 힘든 느낌이며 파문이다. 시
인에게서 시의 언어란 자연이 전해준 그런 느낌과 파문에 가닿
기 위한 나룻배일 뿐이다. 정작 중요한 것은 그 건너편에 있다.
여기서 자연은 나룻배를 타고 건너가야만 닿을 수 있는 세계
의 실체를 의미한다.

그러므로 시인의 작업을 논리적인 언어로 조망하고 해설하
는 것에는 뚜렷한 한계가 있다. 다만 이 글이 의도하는 것은 시
인이 강 위에 남기고 떠난 나룻배를 바라보며, 그 진리 세계의
끝자락이나마 보듬어 매만져보려는 미욱한 시도인 셈이다.

진실된 삶의 조건

광대무변한 천지자연의 흐름 속에서 본다면 인간이란 한낱 스치고 지나가는 티끌이요 미물에 지나지 않는다. 인간이 이를 깨닫고 스스로를 낮출 때 비로소 모든 것들은 제 자리를 찾게 된다. 무언가를 이루겠다는 집착, 흔적을 남기고자 하는 욕망 은 이런 이치를 깨닫지 못한 철부지 놀음일 뿐이다. 생명을 지 닌 모든 것들은 유한하며, 시작이 있으면 반드시 그 끝이 있게 마련이다. 그러나 자연의 면면한 흐름에서 볼 때 끝은 또 다른 시작으로 연결된다. 어차피 만물은 이처럼 돌고 도는 것이다. 그러한 유구한 천지의 운행조화 속에서 한 인간이 남긴 흔적이 란 어쩌면 티끌만치도 못한 것인지도 모른다.

세속적인 출세욕이나 명예욕을 달성했다고 해서 반드시 성 공한 인생이라고 볼 수는 없다. 역으로 달성하지 못했다고 해 서 실패한 인생이라 단정지을 근거도 없다. 오히려 그런 것들에 사로잡힐 때 우리 삶은 본질에서 벗어나 삭막해진다. 현대 문 명이 낳은 대다수 병폐들은 이와 같은 삭막함에 연유하는 것 이 아닌가 한다. 우리가 이를 슬기롭게 극복하는 길은 주어진 생을 있는 그대로 긍정하며 사랑하는 것이다. 아래 인용된 텍 스트들은 그런 시인의 믿음이 잘 드러난 예로 보인다.

강원도 횡성읍 읍하리 문방구를 겸한 작은 책방. 매달 25일 경이 면 딱 두 권 꽂혀 있는 現代文學 한 권을 언제나 나보다 먼저 사가는 사람이 있었다. 벌써 10년째 한 해도 빠짐없이 신춘문예에 응모한다던 그 사람. 제대 후 어언 사십 년 세월이 흘렀건만 아직까지 대한민국 문인 중에 음하리 출신이 한 사람도 없는 걸로 보아 아마도 그와 신춘문예 간의 기나 긴 싸움은 끝나지 않은 것 같다 차츰 원고 마감이 다가오는 요즘이면 생각이 난다 홀어머니와 단 둘이 산다는 얼굴이 레그혼빛이던 그 사람.

-「신춘문예」 전문

　　자기 이름 문패 붙인 오두막이 소원이던 무명시인 무덤 위로 어느 날 수천 개 햇빛 모여 은빛 물결 찰랑였다 살아생전 친구에 속고, 떠나간 여자에 울던 그를 위해 무당거미 밤새 실을 뽑아 홀쭉한 침엽수 사이 저리도 눈부신 이슬궁전 하나 만든 것이다

-「이슬궁전」 전문

위 텍스트들이 담고 있는 것은 세속적인 기준에서 볼 때에는 패배한 인생, 실패한 인생들이 겪어야 했던 불행 또는 좌절과 맞닿아 있는 듯이 보인다. 그러나 시인의 시선은 그런 일반의 관점에서 멀찌감치 벗어나 있다. 세속적인 성공이나 출세 여부만으로 그들 삶의 의미를 가려낼 수는 없다. 진실이란 애초부터 그런 것들과는 무관하기 때문이다. 중요한 것은 그들이 평생토록 묵묵히 자신의 꿈을 좇았다는 사실이다. 꿈을 좇되 과욕이나 집착에 흐르지 않았고, 또한 세상이 알아주지 않는다고 해서 쉽사리 포기하거나 좌절하는 법도 없었다. 그런 것

들과는 무관하게 꾸준히 자신의 할 일을 해나가면서 그 가운데서 언제 다가올지 모르는 희망의 끈만은 놓지 않았다. 바로 여기에 그들 삶의 진실이 가로놓여 있다.

기억의 차이 : 시와 역사

이유 없는 생이란 있을 수 없다. 무릇 천지간에 나서 자란 이름 모를 풀 한 포기에도 제 나름의 역할과 직분이 주어져 있을진대 하물며 인간임이랴. 유재영 시인에게 있어 시란 이렇듯 아무도 주목하지 않았던 진실된 삶의 흔적들에 대한 발굴이자 그 내밀한 기억들과 연관된다. 구체적으로 그것은 역사의 이면에 가리워진 사람들과 사건들에 대한 무한한 애정에서 비롯된다.

인공 때 죽은 인민군 간호장교 김옥화 무덤이 있던 곳. 총상을 입고 산에서 내려온 갓 스무 살 그녀가 죽자, 마을 사람들이 시신을 6대조 제답祭畓 곁에 묻어주었다. 함께 온 늙은 군관은 눈물을 흘리며 연신 머리 숙여 인사를 하고 혼자 이 산맥을 따라 북으로 갔다. 언젠가 어머니는 영변 약산이 죽은 여군 고향이라고 했다. 눈이 내린 날이면 무덤이 있는 찔레나무 구렁으로 움푹움푹 산짐승 발자국이 나있었다

－「차령산맥」 부분

처음 어미 품을 떠나 온 새끼 반달곰이 가재 한 마리를 놓고 어쩔 줄 몰라 쩔쩔맬 때, 계곡 저편에서는 박새 물똥만한 쪽동백꽃이 눈부시게 피고 있었다. 이 아름다운 골짜기 어디엔가는 아직도 집으로 돌아가지 못한 소년병의 등뼈가 삭고 있으리라

−「지리산」전문

그가 시로써 기록하고자 한 진정한 인간의 진실이란 과연 무엇인가. 그것은 역사적 사실과 어떤 점에서 부합되고 어떤 점에서 결정적으로 분기되는가. 위 텍스트들은 이와 같은 의문에 대해 일말의 암시를 제공해주고 있는 듯하다.

역사는 본질적으로 냉정하며 비인간적이다. 거대 서사인 역사는 그 특성상 주요한 인물들, 그리고 그들 간에 벌어지는 주요한 사건들에 대해서만 관심을 갖는다. 역사가는 이러한 인물들과 사건들의 전후 관계만을 의미 있는 사실로서 규명, 기술해놓을 뿐이다. 이 과정에서 역사는 그것을 주조하고 형성하는 데 동원된 수많은 이들의 행, 불행과 그 피치 못할 사연들에 대해서는 철저하게 외면한다. 그러므로 우리가 마주하는 역사적 사실들의 실체란 기실 이렇게 무섭도록 비인간적인 체계화 과정들의 산물인 것이다.

그러나 이 점 시는 역사와 다르다. 시가 주목하는 것은 오히려 그런 역사적 사실의 기록 뒤편에 숨겨진 힘없고 이름 없는 영혼의 주인들이며, 그들이 간직한 애틋한 사연들일 때가 많다. 위 텍스트에서 시인은 역사의 저편에 흔적도 없이 묻혀버

린 이 같은 사연들의 행방과 소재에 관심을 가진다. 〈인공 때 죽은 인민군 간호장교의 무덤〉. 이제는 돌봐줄 사람도 없이 눈 내린 날이면 산짐승들의 발자국만 이따금씩 찍히는 그 곳에서 그는 역사가 기록하지 못한 이 땅의 슬픈 역사의 흔적을 발견하고 말로 표현 못할 상념에 사로잡힌다.

무정한 세월이 흐르는 동안 전쟁이 남긴 상처는 어느덧 아문다. 그리고 초목이 자라고 숲이 무성해져서 마침내는 그 흔적조차 묘연해진다. 그러나 시인은 어딘가에서 지금도 삭고 있을, 끝내 〈집으로 돌아가지 못한 소년병의 등뼈〉를 떠올리며 숙연해진다. 오늘날 이들의 불운을 기억해주는 이는 드물다. 마찬가지로 역사는 그런 개개인의 아픔까지 일일이 보듬어주지 않는다. 그런 것들은 역사의 기술 과정에서 거론될 수조차 없는 '사소한' 일로 치부될 뿐이다.

그러나 시인의 경우라면 다르다. 시인이란 이렇듯 사소하게 지나쳐버릴 수도 있는, 그러나 그냥 지나쳐버려서는 안될 것 같은 사연들을 발굴하고 추적하여 진실된 어조로 우리에게 전달해주는 자이다.

대지의 참여와 노동의 참뜻

늦가을 구겨진 하늘 몇 장 깔아놓고 노숙인 두엇 방금 끓인 면발을 후루룩 후루룩 입에 넣고 있었다. 이맘때쯤 떠나온 고향 강가 모래밭에 먹이를 찾아 내려앉던 기러기 떼 나래 소리, 서울역

커다란 돌 그늘이 수척한 그들의 어깨를 가만히 덮어주었다

-「낙안落雁」전문

말채나무가 큰 키로 굽어보는 벤치, 누가 놓고 간 신문에 낯선 이름들이 부음으로 구겨져 있다 가을 날 저녁 나도 저들과 함께 소주냄새 풍기며 어느 신호등 켜진 건널목을 바삐 지나갔을 것이다

-「길」전문

어쩌면 광활한 시공간 속에서 인생이란 잠시 머물다 지나쳐 가는 〈역〉의 대합실 같은 것, 혹은 신호등 켜진 길 위의 〈건널목〉 같은 것인지 모른다. 그러고 보면 우리들 자신 역시 떠나온 〈고향〉을 그리워하는 〈노숙인〉과도 같은 신세, 언제 어디서든 〈부음〉을 받아들어도 전혀 이상할 것이 없는 신세인지도 모른다.

그럼에도 가고 또 가야 하는 것이 인생이라고 한다면 우리가 인생에 대해 취해야 할 바른 태도는 무엇인가. 빈손으로 와서 빈손으로 가는 것이 인생이라 해서 허무주의에 젖어 생을 허비하고 탕진하는 길이 과연 올바른 길인가. 그렇지는 않을 것이다. 천지가 열리고 만물이 창조된 데에는 그만한 뜻이 있기 때문이리라. 다만 그 뜻은 인간이 사유하는 것 이상으로 더 크고 깊은 까닭에 우리가 이를 온전히 파악하지 못하기 때문이리라.

시인의 눈길은 여기서 다시 한 번 자연에로 향하는 듯이 보인다.

거친 황사 바람이 지나가자 신두리 해안가엔 잘 다듬어진 푸른
경단을 젊은 쇠똥구리 부부가 온 힘을 다하여 굴리며 갑니다 한
번씩 움직일 때마다 태안반도 물살들이 움찔움찔 물러납니다
                                    ―「쇠똥구리는 힘이 세다」전문

뒷산 굴참나무 늙은 가지 장수하늘소가 아침부터 곧추세운 더
듬이를 여린 봄 하늘을 향해 열심히 비벼대고 있었습니다. 그래서
인지 그 날 밤 오랜 가뭄 끝에 앞뒤뜰 흡족하게 비가 내렸습니다
                                        ―「오십 년 전」전문

떡갈나무 숲 조붓한 골짜기 소나기 스치고 햇빛 반짝 들자 열
심히 나뭇잎 파먹던 벌레 한 마리 무슨 일이 있냐는 듯이 조그만
구멍 사이로 머리를 갸우뚱 내밀었다

                                        ―「곡우穀雨」전문

세편의 짤막한 인용시편들에서 우리가 마주치는 것은 곤충
이나 벌레들조차 〈온 힘을 다하여〉 그리고 〈열심히〉 자신의 본
분을 충실히 수행하고 있다는 사실이다. 그런 그들의 행위는
물론 본능적인 것이요 생리적인 차원의 것이라서 개개의 차원
에서 본다면 별도의 의의를 부여하기 어려울 것도 같다. 그러
나 중요한 것은 그런 그들의 행위 하나하나가 모여 결국에는
대자연의 조화와 운행에 동참하게 된다는 점이다. 그러므로 그
들의 행위는 의도된 것이든 아니든 간에 우주 자연의 질서 유

지에 봉사하기 위한 그들 나름의 참여이자 노동인 셈이다.

제행무상 제법무아의 세계

이러한 점에까지 생각이 미치게 되면 거기서 한 발짝 나아가 더 큰 깨달음의 세계가 열릴 수도 있다. 인간의 삶이라는 것도 본질적으로 무상하다고 말하기 이전에 자연의 순환 원리에 관여하기 위한 최소한의 필요조건으로 이해해도 좋지 않을까. 스스로의 노동을 통해 그 거대한 질서의 유지를 위해 조금이나마 일조한다고 하면 그것만으로도 생은 하나의 의미를 지닌다고 말해도 좋지 않을까. 우리는 평소 너무 근시안적이고 세속적인 것만을 바라왔는지도 모른다.

허공에
비스듬히 몸 기대고
입적하신
모감주나무

살아생전
구름에 구름길을
바람에 바람길을
하늘에 하늘길을
가진 것 모두 내어주고

마지막
나방 한 마리
데리고 얻은
팔마구리,

솔개바위 밑
유적遺跡 같은
옥색긴꼬리산누에 집.

겨우내
지구 한 모퉁이가
볼록하다

—「볼록한 유적」 전문

　자신이 가진 모든 것들을 아낌없이 내어주고 이승을 하직한
다 하더라도 결코 인생은 덧없고 허망한 것이 아니다. 도리어
그런 삶 속에 더 큰 보람을 이루는 경우가 있다. 위의 인용 텍
스트에서 우리는 그런 예를 발견하게 되거니와, 자연은 우리들
을 향해 어떤 삶이 진정으로 가치 있고 보람된 삶인지를 일깨
워주고 있는 듯하다.
　죽음이란 영원한 종말이 아니며, 새로운 시작을 위한 준비
작업의 일환인 것이다. 크게 보면 그것은 다음 단계로 자연스
럽게 넘어가기 위한 과정이며 또 다른 새 생명을 잉태하기 위

한 조건이다. 생장과 사멸이 끊임없이 거듭되고 있는 대자연의 조화, 질서 속에서 인간 또한 이러한 원칙에 예외적인 존재가 아니다. 자연의 질서에 순응하는 삶이야말로 정상적인 인간의 삶이며, 그러한 정상적인 삶이 유지되기 위해서는 우선 각자가 자신에게 주어진 생의 틀 속에서 최선을 다해 부지런히 자신의 역할을 수행하여야 한다. 그런 다음 그 끝에 이르러 모든 것을 미련 없이 훌훌 던져버리고 다음 세대의 주인공들을 위해 베풀 줄 알아야 한다.

제행諸行은 무상無常이요 제법諸法은 무아無我라 하지 않았던가. 스스로에 대한 집착을 버릴 때에만 내 자신의 삶도, 그리고 주위 사람들의 삶도 비로소 여유롭고 가치로워질 수 있을 것이다. 탐貪·진瞋·치痴라는 미망에서 벗어나 각자의 본분을 유지하며 주어진 역할을 사랑할 줄 알 때, 거기 바로 안식과 평화의 길이 있다. 다만 인간이 그걸 깨닫지 못하고 주제넘게 날뛰기에 스스로 절망을 부르고 화를 부른다. 무리한 욕망은 더 큰 좌절을 낳고 어리석은 열정은 더 깊은 분노를 부를 뿐이다. 그럴 때 우리 생은 고해苦海로 화하게 된다.

어린 장지뱀이 갓버섯 퍼지는 모습에 놀라 달아나고 변성기 막 끝낸 수꿩이 낮은 봉분 너머에서 몇 번인가 울었다 갑자기 초롱꽃이 왁자한 것을 보아 이는 필시 두눈박이 쌍살벌이란 놈이 들어간 것임에 분명하다 착하게 엎드린 퇴적암을 사이에 두고 개암들이 실하다 올해는 해걸이 나무에도 열매가 많이 달리려나 보다 주인

없는 유혈목이 허물이 죄 많은 세상을 향해 가볍게 날아가는 시
간, 골짜기는 어린 물소리를 꼬옥 품고 놓아주지 않았다

―「누리장나무 아래에서의 한때」 전문

위 인용 텍스트에서 특히 눈길을 끄는 것은 〈주인 없는 유혈
목이 허물이 죄 많은 세상을 향해 가볍게 날아가는 시간〉이라
는 구절이다. 이 구절은 허물 많고 죄 많은 중생이라도 다음 생
에는 보다 순수하고 착한 어린 영혼으로 다시 태어날 수 있는
가능성을 열어놓고 있는 듯하다. 요컨대 요지인즉슨 생전에 자
신이 행한 악행들을 뉘우치고 참회하는 내용들과 관계가 있는
것으로 읽어볼 수 있지 않을까 한다. 죄 많은 인간이 생의 마지
막 순간에 이르러 세상사 깊은 이치를 터득하게 된 것을 이리
표현하였다고나 할까? 그리고 그러한 깨달음의 바탕 위에 한
단계 더 성숙한 영혼으로 탈바꿈하게 되어, 새롭고 순수한 어
린 생명으로 다시 태어날 기회를 갖게 되었다고 볼만한 여지는
없을까? 그 근거가 되는 것이 바로 그 뒤에 보이는 〈어린 물소
리를 꼬옥 품고 놓아주지 않〉고 있는 골짜기의 이미지이다.

자연의 질서와 흐름 속에서 모든 것들은 끊임없이 변화한
다. 그리고 그러한 변화의 바탕 위에 순환한다. 인간의 영혼 또
한 그러한 변화와 순환의 흐름을 거역할 수는 없으리라. 벗어
놓은 허물의 주인은 이제 더 이상 이 곳에 없다. 그 허물은 유
유히 날아가며 죄 많은 이 세상과 작별하고 있는 중이다. 위 텍
스트는 내게 모든 영들이 이제라도 자신의 잘못을 뉘우치고

인간 본연의 순수한 자세로 회귀하기를 바라는 어떤 깨달음의
경지를 암시하는 것으로 읽힌다.

자연과 시, 그리고 신과 인간 사이

빛과 그늘이 공존하듯이, 생성과 파괴 또한 따로 떼어 생각
할 수는 없으리라. 삶이 그 의미를 지니는 것 역시 죽음이 뒤
를 단단하게 받쳐주고 있기에 가능한 일이다. 이들은 애초부터
한 쌍의 수레바퀴처럼 서로서로를 끌고 당기며 맞물려 돌아간
다. 천지의 운행 질서가 유지되는 것은 이러한 교체와 순환이
무리 없이 꾸준히 이어져왔기 때문일 것이다. 그렇다. 자연은
이들 사이의 균형이 무너졌을 경우 언제든 제 스스로의 중심
을 잡기 위해 애써왔다. 이러한 놀라운 탄성과 복원력이야말로
자연에 내재한 위대함이며, 이 위대함이야말로 진정 신의 조화
가 아니면 무엇이랴.

> 폭우로 급류가 휩쓸고 간 골짜기, 며칠 지나 물줄기가 본래 모
> 습대로 허연 속살을 드러내기 시작하자 물달팽이 가족이 여린 뿔
> 대를 바지런히 움직이며 풀잎 위를 유유히 지나가고 있었다
>
> ─「생명」 전문

어디에 숨어있었던 것일까. 물달팽이는 어디에 숨었기에 며
칠 동안이나 지속된 그 엄청난 폭우와 급류를 견디어 낸 것일

까. 필경 그들만의 안전한 은신처에 꼭꼭 숨어 지냈을 것이다. 그러나 아무리 안전하다고 해도 아무런 영향이 없지는 않았을 것 같다. 그럼에도 그들은 한바탕 폭우가 휩쓸고 지나간 후 날이 개자 여느 때와 마찬가지로 느릿느릿 밖으로 기어 나와 외출을 하고 있다. 마치 그 동안 아무 일도 없었던 것인 양.

자연이란 이토록 신비롭고 경외롭다. 아마도 수많은 산짐승과 날짐승들, 그리고 초목과 곤충들이 폭우의 피해를 입었으리라. 더러는 급류에 쓸려 떠내려가기도 하고, 더러는 물에 빠져 죽었을 수도 있다. 그 와중에 어쩌면 가장 연약한 존재 가운데 하나라고 해도 좋을 물달팽이 일가족이 무사히 험난한 시련의 시기를 견디어왔다는 것은 실로 기적에 가까운 일이다. 이렇듯 가늠하기 힘든 여건 속에서도 자연의 경이로운 신비는 여전히 살아 숨 쉰다.

세상사 모든 일들이 그러하듯이 인간이 이 모든 조화의 비밀을 알게 되길 기대한다는 것은 어리석은 일이다. 모르는 것은 모르는 대로 접어둘 줄도 알아야 한다. 때론 침묵이 인간의 도리일 경우가 있다. 무리해서 억지로 표현하려 하고 이해하려 들 때, 도리어 무명無明에 빠질 위험성이 도사리기 때문이다. 우리는 무심결에 우리 곁을 스치고 지나가는 파문만으로 그 비밀의 실체를 어렴풋이 짐작할 뿐이다.

부들 숲 개개비 새끼들은 제 입보다 큰 벌레를 함부로 삼키기 시작했다 으아리 덩굴에 붙어 브로치처럼 꼼짝 않는 청개구리 정

강이도 제법 살이 올랐다 우편함의 편지는 그대로 두기로 한다 유
난히도 꽃이 곱던 복숭아나무집 둘째 딸 혼사가 아마 임박했으리
라 아침 신문에 실린 칼리 지브란 시를 읽는 동안 연한 나뭇잎 그
림자가 잠시 신과 인간 사이를 스쳐 지나갔다

－「다시 맑은 날」 전문

〈신과 인간 사이〉를 이어주는 이러한 신비를 신비 그대로 간
직한 채, 번잡한 속세의 일들을 잊고 그늘 아래 잠시나마 쉬
고 싶은 때가 있다. 자연은 겉으로 보면 어수선하고 번잡하기
만 하다. 그러나 그런 외형상의 무질서와 어수선함은 다름 아
닌 자연이 생기 있게 살아 숨 쉬며 움직이고 있음의 증거인 것
이다. 침묵의 파문은 그런 어수선함 가운데서도 은은히 우리
인간을 향해 전달된다. 고요한 명상의 시간을 가져보는 시인의
지혜가 돋보이는 순간이다.